诗
想
者

H I P O E M

一些简单的树叶和鸟鸣

韦武康 ◎ 著

GUANGXI NORMAL UNIVERSITY PRESS
广西师范大学出版社
·桂林·

Yixie Jiandan de Shuye he Niaoming

图书在版编目（CIP）数据

一些简单的树叶和鸟鸣 / 韦武康著. —桂林：广西
师范大学出版社，2020.2
ISBN 978-7-5598-2482-0

Ⅰ. ①一… Ⅱ. ①韦… Ⅲ. ①诗集－中国－当代
Ⅳ. ①I227

中国版本图书馆 CIP 数据核字（2019）第 285704 号

广西师范大学出版社出版发行

（广西桂林市五里店路 9 号　邮政编码：541004）
网址：http://www.bbtpress.com
出版人：黄轩庄
全国新华书店经销
广西广大印务有限责任公司印刷
（桂林市临桂区秧塘工业园西城大道北侧广西师范大学出版社
集团有限公司创意产业园内　邮政编码：541199）
开本：889 mm × 1 194 mm　1/32
印张：7　　　　字数：160 千字
2020 年 2 月第 1 版　　2020 年 2 月第 1 次印刷
定价：48.00 元

如发现印装质量问题，影响阅读，请与出版社发行部门联系调换。

目 录

第一辑　树叶和鸟鸣

第 三 辑　　延 伸 的 脚 印

第四辑　挥不去的情怀

第一辑

树叶和鸟鸣

最近的土壤

两朵心情，光着脚丫
踽行，远了喧嚣
近了篱笆，以及不远处的三间瓦房
一把思念，就在头顶
悠悠，走了又回来
默默地等待
一道幸福的闪电

一抹熟悉的炊烟
沿着最初的方向
翻过东面一段土墙
袅袅，飘过来
就这样飘过来

这是在老家
昨夜两粒雨滴
今早一米阳光
在时光的藤蔓上
清新。温暖。
田田的叶子

均匀地呼吸。自然。

门前那一棵老龙眼树呢？
树下呼我乳名的声音呢？

不知微信，无论星辰
窗外，一枝一叶，依然舒展
淹没，节气里的缤纷与坚硬
然后，绿绿地倾听
鸟语的呢喃
告诉香山河畔，告诉坛李古塔
风雨。存在与坚持。
告诉最近的土壤
花开的声音

低低的声音

看不见山的巍峨
但很在乎山上的树
树的绿
树的呼吸
这是你的气息

你见到的太阳很小
刚从东面的一棵百年老松走下来
一晃就卡在西边的树杈上了
你说阳光斑驳，陆离
但有时很温柔
一会儿，就一会儿
很幸福的样子

你很在乎水边的老树、青藤、石板
以及那一片阔叶林
在风中，哗啦的声音
你痛恨那些与铁器刀类有关的情节
以及不时绕在四周的雾
让你看不到树的绿，天空的蓝

看不到近处三三两两，花朵的摇曳

但你相信雨滴

相信大海

相信能绕过那些大石头

往低处

坚持你的姿势

你的清澈

坚持发出

低低的声音

草儿，草儿

细小之中
你就被叫草儿了
乱石堆中钻出来的草儿
随山风吹过来的草儿

这是冬天，起风了
街道不是你的街道
你叫草儿
把头抬高一点，就高一点
天空就看见你了
你的鸟儿呢
哦，你伸展
你自由均匀地呼吸
你的声音，就是大地的声音了

起风了，大地长出许多的面包
你的手呢？

起风了，大地角落里的草儿
面朝大道
轻轻地摇曳

那些离我最近的枝丫

泥土、青草的味道在上面
稻谷和玉米的文字在上面
还有很多眺望的眼睛
绿绿地，也在上面

这是冬天，一些眼睛已经近视
但可以肯定的一缕阳光
就在树冠的东面
它的影子有点斑驳
可以肯定的一些昆虫也在上面
在 5℃ 的低温里，不动声色
看树的粗糙，暗淡或者葱茏
听枝丫里的默默，明亮渐渐地靠近
但有一些位置无法确定
包括我

这是冬天
风是有点大了
我能肯定那些离我最近的枝丫
我至少要腾出一只手

一些简单的树叶和鸟鸣

稚嫩或者暗淡
切入黑土布的味道
进入河边那些不规则的石块里

一把炒玉米
就可以把村前树下的一块石板磨亮
一深一浅的脚印
穿过壮语的呢喃
在田埂的边缘，找到一点亮光
之后，往北眺望，脚步踩在城市的斑马线上
声音有些缓慢

石块的粗糙和任性
行走在时光的掌纹里
打磨一些棱角
然后，静静地与一棵树说话
从瓦屋顶到屋边的芭蕉叶
蚂拐跳塘的声音
一下子在清晨里散漫
弯弯的一句被一只鸟衔去了

潦草的情绪，悠然
泅润在一缕墨香里
或点或画或弯或折
浓淡涸湿。云里雾里。
……

哦，又一个节气
挂在眼前的树梢上
不变的是风的弟子
青青的十六岁，在河边欢笑
雨的兄弟
干旱的时候，顺着屋檐
唠叨
熟悉的霞光，一粒两粒
就在西面的阳台上
清点，一些简单的树叶和鸟鸣

一座房子

有人进去
有人出来
里面有美妙的风景吗？

我喜欢打开那些窗户
喜欢房子明亮的样子
看看那些脚印
以及走动的姿势
或轻快，或坚定，或沉重
天黑了
听听一些梦呓的声音

一个夏天终将过去
北风苏醒了
哦，谁敲打了那些窗户
迫不及待的样子？

房子还是房子
有人进去
有人出来

风　中

没有方向的节气
零乱的脚步
朝着，一个方向

携手的云，孤独的风
翻滚，压过来
就这样压过来

抓不着的寒冷里，枯根朽树
长着，丝丝呻吟
小草，低低地摇曳

有秀发飘飘
遮不住的亭亭玉立
质地的皙白，美丽
渐次打开
洁白里，急促的呼吸
纠结的手，紧一点
看不见的声音，星辰，眼神

在小小的绿色里

点亮一双眼睛

和另一双眼睛

追　寻

说不出的容颜，绚丽
时隐时现
是悬浮的水汽、冰晶
是阳光、温暖、梦幻与笑容？

哦，我看见
你牵着阳光的手
从清晨中走过
我看见你在盛夏一棵树上
清凉，摇曳
让许多的喧嚣
渐渐地静下来，静下来

多少个雾霾弥漫的日子
走近你
我似乎见到一座无人的高山
见山上的一朵云，很洁白
见到天空的高远，大地的辽阔

多少个寂寞的日子
走近你，感觉就能乘一缕风
飘呀飘
一会儿又躺在一棵树里
或在小河边，在草地上

哦，似乎牵到一只白嫩的手了
还扯到了一角缥缈的衣裙
笑容，眼神，气质，阳光
就那么近，那么近

后来听到一位大师说
你追寻的那一个人
有许多的隐身之术
居无定所

我是风

心情在摇曳中晾干
有一点发亮
走路的姿势，清凉
一会儿又在你的枝头上
舒展。放浪。

这是你的玉米地
你的草丛，叫不出名的野花

哦，等待一缕清爽吧
从你的身边，轻轻拂过
此时，云朵不走了
云朵不说话
鸟鸣已经在手上晶亮
树上树下不分彼此了

这是一个下午
我是风，你是树
秋天斑斓，卡在枝丫上

那边，这边

那边。一个人。

巧。不思。不食。

走了。一个苹果，两个苹果

还有更多的苹果

红在树上，随风摇曳

这边，风吹来

有一个人，望着一棵树

自言自语

乡村遇雨

光着脚丫
从一片乌云里放逐
灵魂会说话
山上的树木苏醒了
一群鸟惊恐地飞
熟悉的声音告诉你
我回来了
我还是我
我荡过了三座长满速生桉的山
我跨过了两条干涸的河

从一棵树到另一棵树

他认识阳光
阳光的脚步从树冠的东部移来
细碎里有淡淡的草香
他听见，树叶沙沙地笑或软软地低语
他开始认识雨
一些黄豆大的雨滴伴随着风
斜斜地从南面打过来
打破了宁静
打碎了一些梦想
一些毛毛雨，细小的雨轻轻地飘落
一会儿抒情，一会儿沉思
他看见的树叶朝着不同的方向舒展

在一个中秋的夜晚
他看见月光的白与黑
他看见月亮的圆以及细碎

从一棵树到另一棵树
他看见绿的细碎
声音的细碎

有一天

他好不容易登上了一座高高的楼
他打开窗户
突然一阵风吹来
他看见窗外的天空开着一个大大的洞
很多汽车一开过去就不见了
很多行人走过去也不见了
他望着奇怪的天空
自言自语

之后他慢慢地走下楼来
听见自己的脚步声很弱
但很真实

低一点

低一点
你愿意以这样的姿势
对视天空
看一朵云团从头顶移过

你愿意安静地坐在窗前
看太阳从屋檐以东开始升起
然后又挂在树杈上

你远离了炊烟
而总有一场没有商量的雨
总有无法躲避的黑暗
让你的姿势
低一点
再低一点

哦，你看见家乡的河里没有鱼了
有一条高速路要从村边走过

看见很多的眼睛

她的脚步比太阳快一点
亮丽总是躲在那一片草丛里
她说风会把一颗心吹走
她说雨会把一个梦打碎
她好奇地看着天空
眼睛一眨一眨

清晨
我从一片草丛走过
看见很多的眼睛

秋天来了

一枚树叶的颜色
让你不再沉默
你揉揉眼，凝望那些斑驳的阳光
不知怎么样远离那些喧嚣

哦，天气是转凉了
你可以设法使自己变得更小
在地上，均匀地呼吸
坚定地挪动那小小的脚步
面朝亮光，不时看一朵朵馒头云怎么样从头顶移过
然后，如一幅斗方书法小品
坚持自己的章法
以点画为情性，以使转为形质
然后默不作声
想着清晨的露水
看身边的一棵树摇曳

北风来了
你不需要任何装饰
保持一种容颜，继续卑微

在不为人知的草丛里
听地里拔节的声音

我还是我

高山。沟壑。
江海。河流。
只说这一个下午吧
气温 32℃，南风 1～2 级
城厢镇五岭路 49 号
一棵树在阳光下轻轻地摇曳
一只美丽的小鸟
飞走了又回来，对着我鸣叫

哦，不要说我的高大
不要赞美我的明亮我的洁白
把我抬得太高了
我活跃的思想开始凝结
我会流泪

一个夏天终将过去
我还是我
我还会回来的

我在树下等你

一棵树，还是一棵树
十几年了
秋天是我的
你还在春天的童话里

树在山上，树上有风
不远外有一片湖泊
湖边有一片草地
草地上，有人打马而过
有人呆坐，深思
有一个人大喊——
我在树下等你！

看　你

高一点，再高一点
到山上看你
你不是你
我读到一颗潮湿的心

低一点，再低一点
到山下看你
你是你
我和你都挂着
一朵悠闲的心
……

哪里飞来斜斜的雨滴？
我更愿意
在一棵树，在一块石头里看你
听一种质地的声音

那些散漫

那些阳光，就在傍晚的掌心
似走非走
散漫的部分，绕过一排树梢
在一条乡村公路上
自由

一只母鸡带着 12 只雏鸡
驮着温暖
似走非走，散漫在这条乡村公路上
很幸福的样子

突然，那些幸福散漫
被一辆迎面驰来小车打断了
200 米，100 米……
母鸡惊愕瞬间
绕着雏鸡大声"咕咕"并直奔路旁

一切不再散漫
雏鸡惊恐。抬头。不知所措。
母鸡果断
张开双翅，挺伸脖颈，义无反顾

朝着驰来的小车飞去

······

"嚓——"
一声刺耳刹车声，划破那些散漫
凝固在下午 5 点一刻

减速、急刹、停稳
车手瞬间地完成了历史性的动作
然后，打开车门，下车查看
之后，舒了一口散漫的新鲜空气
目送，一只母鸡带着 12 只雏鸡
消失在路边散漫的草丛中

此时，乡村温暖的阳光
已是一片金黄

三月，你开了

翻过一座不高不矮的山
你开了，一朵一朵
在雨中
说着纯净、洁白的语言

拐过两个不大不小的村庄
你开了，自言自语
说着埋藏了许久的心事

踏过一条弯弯的泥巴路
你开了，或浓或淡
描绘一幅
乡村的田园图

一个没有阳光的下午
有谁来过？
哦，不需要绿叶的衬托
不在乎白云，不需要灿烂
这个三月，在一个不起眼的地方
你开了
开在了我的心里梦里

下　山

山上离太阳很近，云很洁白
山上有绿绿的树有清清的鸟鸣
还有几把新鲜的空气
有一天，他坐在山上
看太阳一点一点地偏西
一下就卡在一处枝丫上
一下子又不见了

他凝望天边一会儿
然后，沿着来路慢慢地慢慢地走下山
在离山下越来越近的时候
他闻到了一股炊烟
还仿佛听到那亲切的咳嗽声
但他无论如何都找不到
进村的路

天空就是这样

他在一张画纸上绘画
他先画一只飞鸟
自由自在地飞翔
再画上一朵白云
白云的边缘镀着一层五彩的光
他再画上一棵树
那棵树枝叶很优雅地伸向天空
他还画上一只风筝
在天空飘呀飘
他画得很专注很得意

这时已是午后
突然起了一阵风
突然乌云移来、大雨降临
他来不及关窗
他那描绘着天空的画
被几粒雨滴，打湿

你下着

一丝丝的
朦胧
有一朵花伞是你
石板街上有一粒声音也是你
你下着
在阵阵山歌声的后面
在一排排扁担舞的前面
你下着
我被你，渐渐地淋湿

静下来

一道霞光描述不了天空
一朵白云表达不了笑容

我要在一棵树里静下来
学习枝叶，倾听阳光，天天向上
我要在草丛中的一块石头里静下来
听种子破土的声音
看幼苗摇动的旗帜
我要在玉米拔节的声音里静下来
听匆匆雨滴打击叶子
看看从身边掠过的那些风
我要在一首诗诞生之前静下来
让诗歌的清纯、含蓄和明亮
穿越天空
让思想，让时光
静下来，静下来

端午的边缘

2013 年 6 月 9 日。傍晚。
大片黑云的前脚刚到
就有端午的水漫过来

呵，雨水，倾盆而下的雨水
没有方向的雨水
把一个叫作五岭路的街道淹没
随后，就有一些脚步漫过来
皮鞋凉鞋旅游鞋
带着雨水。诗歌。
不太整齐地漫过来
高度，源泉餐馆三楼包厢。
接着，酒精度，38%。漫过来
然后，汨罗江，关于一个伟大的诗人
关于《离骚》《九章》《九歌》《天问》漫过来
抵达一个叫潮的诗友的脸颊，红而发亮
然后，关于《扬子鳄》《自行车》《漆》《麻雀》
关于刘春、刘频、非亚、盘妙彬的名字
伴着雷声雨声
漫过来，就这样漫过来

22 时 10 分，雨声继续
一些诗与酒继续
那些执着、热爱和忠诚继续
在端午的边缘漫过来，漫过来

梦幻天河

清澈，可以照亮河边的鹅卵石
天气预报说好就是一个好天气
喧嚣被覆盖
一些灵性的鸟儿
朝着武鸣城厢镇东鸣路一个叫天河餐馆的方向
自由地飞翔。幻想。
赶梦的样子，不时鸣叫
有三五成群的
赞美白云的白，乌鸦的乌
"房价燃油价"偏左一点
"小悦悦被车碾压事件"偏右一点
第三只眼睛在中间
认定一些非鸟非马的东西
翅膀有点歪斜
后来得到一个叫黄道山人的指点
在一米阳光与一扇翅膀
一扇翅膀和一地树的问题上
难得糊涂了一下
然后画了一道优美的弧线
……

哦，似乎已在天河的上空了
风一会儿往东，一会儿往西
让一些鸟儿看不到天河的宽
天河的长
而眼中的树，游动的鱼，漂动的水草
和翅膀一样，依然清晰

小小的灯盏

他举着小小的灯盏
走了一大段的路程
他的脚步，小心翼翼地
发出的声音不太整齐
他记住那些莫名其妙的
不可思议的风
他记住那些大滴大滴的
令他不知所措的雨
但他记不住那些简单的幸福和琐屑
那些简单，在一些弯道里
打了一个照面
就简单地过去了

又一年的冬天到来了
"房子还会涨价吗？"
"燃油还会涨价吗？"
他举着小小的灯盏
对着天空，自言自语

风　景

喜欢他们散漫的样子
等待那些阳光
等待一块积雨云从头顶移过
他们都是乡村的低语
如村边的那一弯清泉

我想说的是河边那几个浣衣的姑娘
叽叽喳喳地谈论着阳光
谈论乡村的梦想
当她们赤脚走进河水里的时候
我看到了这个夏天的润滑和清凉

一个扛着锄头的人

远远地，机械的动作
让许多思想停顿
他一会儿掘一个坑挖一个洞
一会儿开垦一坡坡的田地
一会儿堆成一垛垛的土堆
像馒头像城堡
有时还在上面覆盖着一层薄膜
有时干脆扯来一大块黑布
整个儿地捂盖
……

哦，下雨了
一个扛着锄头的人
喊你回家

存　在

他的存在，没有妨碍山的走向
水的低语

他不羡慕大雁优雅的身影
他不喜欢倒春寒走来走去
打落那一片盛开的桃花
切断一棵树上偶有的鸟鸣

寒流过后的某一个下午
他在一棵树下念叨着——
一只蚂蚁
两只蚂蚁
还有更多的蚂蚁
……

身　影

你一会儿很远
一会儿很近
一会儿从东面的那一树冠吹过来
穿过那一片野蕉林远去了
让我只抓到一点点的气息
你一会又沿着溪流的方向
渐渐地靠近
告诉我那里的古藤、老树、鸟鸣
告诉我那里的一大块石头
大石头的坚守、思考和宁静
告诉我夜的黑云的白……

又一个秋天来临
白云悠悠
我走在一条小小的路上
见到一个身影
闪在一山红红的枫叶里

轻轻地摇曳

就在丛林的旁边

听风沙沙地扫过

有一点土壤、阳光、空气和水

就能生长

就能与身边的小草说话

它并不完全认同风的立场

它有时背着风

有时让风从侧身掠过

它不在意弯曲的阳光

它很在乎小鸟的啁啾

很在乎内心的绿和内心的花团锦簇

一个春天的早晨

我看见一棵树对着阳光

轻轻地摇曳

等　待

等待一朵云

追赶它的脚步

等待村前那条河

河里的水

还有山上的那一片松林

在眼睛里清澈

等待那些熟悉的鸟语

挂在村头的树杈上

等待匆匆的雨滴

黄豆般的大小

一点点填满龟裂的土地

然后在一块石头里

想云卷云舒

看日出日落

然后

等待一个不会出现的人

在黄昏下，默默地

对我祝福

一个温暖的方向

一个午后，贴在大地上
没有方向
一些小小的思想，爬在大地上
分散，又聚集
然后，沿着同一个方向
在一条看不见的路里
踽行

没有声音
姿势低低的，挨着大地
面对土堆、石头、树木
或上或下或绕或攀或爬
时而弯弯，时而起伏
时而自由或坚定

这是秋天，一场大雨之后
一首诗歌，沿着大地
朝着一个温暖的方向
绵长

在一片草丛里

草丛茫茫
你天空很小
你只触摸到那些落差的温度

夏天了，太阳一粒一粒打在你身上
还有大滴大滴的雨
有时你抓了一把
有时你在寒冷的夜晚里落泪
或自言自语
你不在乎月亮的弯，月光的白
你很在乎不时飘来的那些雾，那些霾
让你熟悉的蜻蜓，蝴蝶
找不着回家的路

又一个季节来临
有风吹过
有时是不同方向
你还是你
在一片草丛里
简单，均匀地呼吸

一个速生的名字

不是村头那一棵古老的龙眼树
不是村前村后那些碧绿的乡音
不是山上，那些缠绕着青藤的不老松
不是新鲜的诗歌里
很惬意地描述的一个风景

一个速生的名字
不知从何时起
在家乡，在山上，在水边
速生地茂盛地疯长

一个速生的名字，一双隐形的手
让土地无语，鸟鸣不再，寸草不生

让清澈溪水，变色变味变苦
然后，渐渐地死去
让我们熟悉的白鹭、老鹰
找不着回家的路

2016，南国

千里江山，万亩速生林

一场风雨过后

一个速生的名字

不知还在哪里疯长

喜 欢

喜欢打开窗户，沐浴清风
喜欢在一朵云里飘来飘去
看看农场
听听水稻拔节的声音
偶尔，撒下清凉的雨滴

喜欢河边散漫的石头
不动声色
铭记一个乡村的生态
喜欢黑夜里的一道闪电
突然打开思想
照亮大地
一些零乱的脚步

2017，一段必须的路

清晨，打开窗户
看见，2017 年的第一缕阳光
开始照亮，我一段必须的路
有点温暖

是一条通往山上的路吗？
山一定很高，山上一定有清爽的风
扫过树梢，沙沙作响
山上一定可以摘取一朵绚丽的云戴在头上
然后，声音可以翻过对面的山
在山后面的村庄
朦胧，徘徊

是一条通往梦想的路吗？
路一定很远，一定崎岖又弯曲
一定有高山，湖泊，沟壑
一定有一条河，一条清清的河
以及一个光着腚，摸鱼捉虾的身影

哦，更相信前面有一棵树

树下有一个人

还有那些我似懂非懂的诗歌

在那儿，就在那儿

等着我

又一个季节来临

我不能让太阳升起
我不能让雨滴来临
我高不过房屋
我小不过米粒
跋涉千里的路上
我内心黑着暗着醒着亮着

又一个季节来临
我的乡村
让风轻一点
再轻一点
让我静静地歌唱——
冬天的阳光下
河边
一头悠闲吃草的牛

心　愿

太阳很大，你很小
你喜欢躲在草丛里
看日出日落
收藏属于自己的阳光

你很在意清晨露珠的轻抚
会感动，落泪
更愿意成为家乡简单的一部分
在树下在水边在地头
或整齐或散漫或错落
守着每一粒乡音
看着每一场雨
蹚过村前那一条河
然后，渐渐老去

在路上

喜欢赞美云的洁白
水的清澈
一两枚鸟鸣，放在手上
可以清亮

很讨厌身边的那些野蚊
不知从何而来
在耳边嗡嗡作响
叮咬手和脸
留下肿包，留下又红又痒的记忆

这是我熟悉的一棵树吗
树上我升腾过，飘浮过
风大雨大的时候
我多少次，又回到了娘胎里

我爬了一坡又一坡
怎么又回到了熟悉的风景？
哦，太阳就挂在半山腰上
透过那些斑驳的树丫

我看见 2018 年
轻轻地翻过了前面的那座山

一棵实在的树

林里，林外
都是一些挑剔的眼睛
把身份交给了土地
你就是一棵树了

树与树之间
阳光，空气和水分
让你牢记
责任，光明与梦想
一些多余的枝丫，枯枝，败叶
会在你眼前摇来晃去
还有突然而来的风暴
腾起的沙尘，缭绕的雾霾
让你看不清头顶的天空
一些花香和鸟鸣
也会让你脚步慢下来，神志不清

呵，喧嚣里留一手的时间吧
找一块清静地，拍拍脑袋，摸摸胸口
清点良心、担当、底线

然后学会取舍

无论向阳或背光

坚持防虫、抗病、挺风、斗雨

高举绿色、蓝天、品质、气质

然后坦荡

然后在高温的日子里

均匀地呼吸

吐出一丝丝清凉

......

哦，把根扎深一点

不要轰然倒下

倒下就不能成为一棵实在的树了

生　活

他说的阳光很绿
她说的月亮很蓝
他一会儿打开白兰花的清晨
她一会儿想念旧木窗的黄昏
太阳落下去了，月亮又升起
……

许多工艺店的老板乐了
赶制一幅又一幅——
"家和万事兴"

打开春天的窗户

穿过 2014 年，在雨打湿的泥路上
留下一行歪歪斜斜的脚印
然后漫步在 2015 年的山坡上
在一棵 100 多岁的老树下停下来

停下来，看看风景
看远处的天空依然辽阔
眼前的山，依然巍峨
不远处，有几只温顺的羊
渐行渐近
……
呵，回家吧
用熟悉的键盘
用一颗平静的心
打开明天
打开春天的窗户

冬　至

就在老家的果园里
像枝头那些光鲜的皇帝柑
赶在新的一轮冷空气到来之前
走向市场
脚步有些匆忙

北风里，一只手
摘掉了西面树桠上的阳光之后
我看见刚收割的田畴
瘦了一圈
另一只手
把天空抹得干干净净
然后，端着一碗热乎乎的汤圆
喊我的乳名

而我的诗歌不饿
遛到河边，躺在河床里，等着云开之后
晒着不规则的门牙

我知道

天空有我熟悉的鸟儿
土地依旧是稻谷的味道
太阳，还是从东面的树梢升起
天黑了，你眨眼了吗？

蓝蓝的月亮，依旧照在老家的山冈上
朝南的一扇窗户，还挂着记忆的山歌
天上有云，地上有雨
我知道有一盏灯，一个熟悉的声音
我知道你在那里

仰　望

时间在左，空间在右
我在中间
撑着一把伞，仰望
你似动非动
我眼睛，追不上
你每一个眼神
都让我想象

不说阳光
我看你说话
也是一种美丽
你不经意的一次转身
让我惊讶
风来了
如果你脚步匆匆
我也该走了

在树与树之间

你说风很脆
你说雨很甜
你反复说山里的一块大石头
流泪了吗

不说挺拔，伟岸
不说树梢上光鲜的鸟鸣
就说这个下午吧
头顶飘着几块淡积云
洒下，浅浅的笑
不远处，树与树之间
穿过的那缕风
还是很绿的样子

你还是你

坚守与呼吸
责任与光亮
在于小小地感恩
在于自由。摇曳。

思想划过树梢，简单的手指
在阳光、空气和水分里
渐渐地绿
然后在秋天，变黄变红

冬天过去，春天又来了
你还是你
不知是否被一个人挂念

等着你

感觉就挂在树梢上
你一会儿很远，一会儿很近
简单。自由。明亮。

呵，那些风吹过也就吹过了
树还在，叶子还在
桥还在，日子还在
一辆马车等着你
一双眼睛等着你
追赶，明天的天气

第二辑

问　天

小寒，那些细节（组诗）

丁酉冬月，进入小寒节气，我国连续不断受到强冷空气袭击，北方天寒地冻，南方部分地区风霜雨雪交侵，冷透肌骨，寒冷程度，雨量之大，历史同期罕见。

——题记

一、看不见的手指

就这样刮在你的鼻子上，红红的
或点在行驶的汽车排气管上
一团的雾气，让你寻思
一些跑到附近的大明山上
爬上树杈，摇曳。
或练成观音之手。晶莹。
被一个叫米的诗人
放到他的诗歌里，放大

这是小寒，近一点
屋檐下的阿婆
捂着鼻子咳嗽

然后，来到炉火边
两手搓麻绳的动作，不停
让搓麻绳的手指
赶走，看不见的手指

这时，一些从被窝里闪出的鼻子
匆匆。甩开一些手指
寻找，温暖的气息

  二、唠　叨

无边的脸
高高。茫茫。
挂着奇怪的嘴巴
脸一黑，就开始说话了

瓦房，棚顶，鱼塘，水缸
成为目标
没日没夜，或敲或打

清脆。刺耳。

从数二九开始，不停
让夜晚的街道，冷冷清清
有人安然入睡
有人彻夜难眠
有人自言自语
有一个人，收拾这种声音
一把一把地注入脑子里
反复地炒
然后，捏在手上
有几粒，发出一丝的亮光

  三、衣 裳

穿了二十二季的衣裳
被一只手
一件一件地染色，或剥落
挂在树杈上，或扔在一座山上

红的黄的白的灰的……
让一群"色友"发狂

虫子、飞鸟都丢弃的信笺
被那些人当成一首诗
细细地品味
或收在昂贵的镜头里
然后，在冰冷的空气中
或飘飞，或吟咏
有几枚
被邻家的小妹做成图案，贴在窗户上
醒目。温暖。

这是丁酉岁末
一坡脚印远去了
又来一坡新的脚印
把一个小寒踩成大寒
而衣裳还是衣裳
在风中摇曳

四、吆 喝

地里本没有的东西
长在一棵树上
在一粒阳光或在一滴雨里
开花。结果。

乡村本来就有的东西
在牛马的后面
在一粒米一碗粥的前面
然后
驮在一辆农用的三轮车上
在城乡的接合部
颠簸。生长。

又是小寒
刚到唇边的吆喝
就被一波波冷雨打湿
微信收款的二维码伸出的温暖
改变不了柑橘的命运

街边，从 3 ～ 5℃的气温里

发出的声音

软软弱弱

五、小寒不小

行动诡异

走到最高处

向东边的山峦挥手

太阳就隐去了

开始，寒风加冷雨

扫过郊外的果园

让成熟的柑橘一片喊疼

又过几日

飞到天气的平衡木上

很夸张地一摇一摆

把反季节的暴雨大雨

抬到数二九的仓库里

让数三九，南方的手指

顶上了冰窖的屁股。僵硬。
接着，一脚踩着三九的肩膀
拿着一根冰冷的鞭子
抽打着大寒
然后，眺望春天

　　六、一个下午

寒风，冷雨
没有商量，从北面大明山的树梢上
密匝匝地扫过来

有一扇门，为一个人
为一个垂钓、休闲、文学的"三联钓具"打开
就有一缕阳光，从东面的供水大厦
缓缓移来
抵达嘉利商住城93号
在桌面，《广西文学》2017年11期
一篇小说《风中的魂灵》的作者

——"三联钓具"的主人
停住了
风也停住了，一撇一捺地解读
一个下午也停住了

路过"三联钓具"
主人让我休闲地坐着
一边垂钓一边文学
聊到主人垂钓一条很文学的鱼
小寒里，有点香暖的气息
弥漫开来

七、有一部分

装着很多的轮子
沿着"二王""颠张狂素"
驰骋在小寒里
在一张张古典的宣纸上
自然。飞动。

可以起伏，跳跃

可以粗细，浓淡枯涩

氤氲的过程

让你屏气，想听一种声音

以使转为形质，以点画为性情

从一扇半开的窗户

散发，一缕缕

然后，在冷雨中，隐隐约约

有一部分的温暖，留在 4℃里

　　八、一盘更大的棋

丁酉冬月，他下一盘很大的棋

左边，数二九，右边，数三九

数二九从古代火烧赤壁中

反向思考

在黑黢黢的手掌上写个"水"字

来到一个地方

找到已经作古的诸葛亮

诸葛亮一看，"不可"

二九不信，带着"水"字

驾着冷空气南下

霜雪交侵，冷透肌骨。

南宁马山暴雨，武鸣大雨

又一日，冷雨继续打压

制造大明山雨凇奇观

但闻老牛死在寒夜里

他自责，流下眼泪

为数三九的不抵抗，疑惑

见村口一墙壁上"精准扶贫"四字

照耀一支特殊的队伍

听一些坚定的脚步

之后，被一种力量打醒

说要下一盘更大的棋

九、太阳出来了

城厢镇，五岭路 49 号
长出一个高高的风向杆
在阴冷的日子里
无人仰望

冬日里的一个清晨
"大明山天坪，气温 -1 ～ 4℃，小雨……"
几句枯燥文字，从那高高的地方
拐了几个弯
在 QQ 群的对话框里
停顿。泛起一圈涟漪。
一会儿，一个叫琼的女孩
从被窝里伸出来手指
敲下——
"这种天气，床以外的地方都是远方
手够不到的地方都是他乡
上个洗手间都是出差"

接着，有人说读诗取暖

一个叫潮的 Q 友

闪出流云的诗句：

"仰天一啸，便啸出月亮圆圆的孤独

三万里不远，八百里故乡为野草铺盖……"

接着又亮一下诗人未了的诗句：

"液状的情绪汹涌。漫漶

树叶的颤动，毫无节律

反复弹奏——

深潭幽绿的尺度……"

每一个字，很潮，冒着热气

一下子，把小寒的天空点亮

不久，微暖的太阳就出来了

雨滴，任性的光明与灰暗（组诗）

天空，宽阔的胸怀

为何无法挽留一滴纯净的诗意？

——题记

一

情愫，被一粒粒阳光打散

或被家乡的山脉以及一团挥之不去的山歌

托起

上升，不意味着消亡

没有高处不胜寒

冰冷之中，漫漫，上下求索

打磨每一句晶莹的词语

然后，渐渐成熟

不需要赞美

来自云层的深幽

大小，生命的奇迹

与太阳碰撞的瞬间

绽放水与汽的光明
和月亮擦肩而过
成为杜甫田园诗里的自由与清凉

步履，飞翔在广袤的土地上
舒展，一番清爽的情怀
或抒情，或放浪
内心的悸动，倾洒于阡陌
与一个孤独的人，默默前行

　　　　　二

矜持的部分，悄悄从窗前扫过
打湿一双灵动的眼睛
不需雕琢，或圆或扁或丝或缕
或携着清风，或裹着草味花香
以温馨轻拂大地，撒播光明的一部分
让乡音与竹笠茁壮成长

粗犷的一面，游离于光明与灰暗之间
伴随着雷电，脚步匆匆
从屋后那丛蓬勃的棕叶开始
惊醒一个炙热的午后
时而弹奏农民兄弟认可的乐章
时而考验一些低矮的河堤

秋风不是你
最不情愿打击第一枚秋色
或隐居于单薄的云间
或找不着回家的路
或在某一个清晨，吟咏——
"夜来风雨声，花落知多少"

三

因云而起，落在天与地之间
任性，在积雨云层下
或打击，或穿越，或追问

分割时空，打发寂寥

或到湖边搭一弯绚丽的彩虹

让梦想成为虚幻的现实

让无数的眼睛发亮

命运，不会只挂在树丫上

声音，清脆在屋边废弃的水缸里

每一次的诞生，都是新鲜的词汇

性格，从来不需掩饰

干旱里，赤着脚

斜斜地打湿每一片叶子

唤醒每一棵庄稼

摇曳，甘蔗林、玉米地的惬意

记录，田垌、河流、鱼塘的每一次回音

让光明、快乐、自由的心跳

开放在生命的元素里

让本真与烂漫与季节一起

生根、发芽、开花、结果

让情感与金黄色的稻穗

息息相关

四

破碎不是死亡
每一次破碎的流淌
以及破碎的再生与利用
在城市与乡村之间
成为不可能破碎的话题
光明在于破碎
一点的光明
就可能托起一座水库，一条河
就可能把久久的梦想
推向彼岸

不在于华丽
38℃、39℃堆积的盛夏里
你每一次的降临
都成为人们仰望的一部分
新鲜的脚步，穿梭于街道
美丽的称谓
让许多的喧嚣、浮躁
渐渐地蒸发

五

一声闷雷，不是为你打道的理由
粗暴，不是你天生唯一的秉性
一部分在于有一只无形的手
打破了大自然的平衡
阻碍或改变了你自身的步伐
让你走投无路或走错了季节
让你与台风为伍，不能成为你自己

翻滚的云中
你心中的涌动
向下，持续不断的声音
让放荡与任性无限地放大
交恶或变性，冲垮桥梁
肆虐村庄，淹没农田
稻穗疼痛，农业忧伤
让爱与恨瞬间转化或分解
曾经歌颂的诗行，在一片灰暗之中
停顿。掉转方向。

六

淅淅沥沥

二十一世纪的天空

依然辽阔

从云层到大地每一次释放

不是生命的全部

不是简单的复制与粘贴

任性之手书写的文字

寻寻觅觅洋洋洒洒轰轰烈烈

蕴藏许多的光明和灰暗

不期而遇的台风、暴雨、洪水

没有商量

内心的思想，每打开一页

都是警醒的一次过程

破碎的记忆

深入人们的灵魂

反复瓦解着大地的坚固或柔软

考验人们对自然的认知与评价

喜悦、忧伤与痛楚

一次次教导我们

生命与自然，大地与家园

怎样地尊重、顺应、保护和坚守

天空，挥洒的情怀与浪漫（组诗）
——关于大地之上十种云的描述

细小的生命，从水汽开始
生长于天地之间，一世的兴衰，
怎堪大地追问？

——题记

一

不重复昨天的脚印
如山坡那边洁白的羊群，散漫
以积云的名字
悠哉，接近人间的烟火

晴天里棉花糖，甜在头顶
几朵蓬松、飘浮的思想
悠然于眼前
时而如花椰菜，时而变成洁白的馒头
或在晴朗的午后，慵懒地躺在树梢上
随梦，摇曳入晴空

情绪的激动
长成山的巍峨、塔的雄伟
黑暗的部分，在干裂的土地，不时洒下一阵雨滴
让绿色渐渐地伸展

平静的日子，登高望远
"众鸟高飞尽，孤云独去闲"
与群树、晚霞、飞鸟的翅膀
带着一团思念
漫过田野，高山，湖泊
捎去一份浓浓的乡情

二

顾名思义的积雨云
积雨、高耸是一个标签
蕴含的能量，可以冲破对流层
脸色阴暗，混乱
成为天气预报或飞机航线上，特别关注的恶客

令人，心惊胆战
时如黑暗武士，时如天马行空
脾气来了，给大地盖上一个大铁锅
或在人们头顶上推着大石磨
接着一阵阵的电闪，雷鸣，风暴
让人揪心，惊恐

诗意来了，在天空挥毫泼墨
时而跌宕起伏，时而浓淡涸湿
情绪与天与地没有界限
一幅"野径云俱黑，江船火独明"
被一位诗人，无限地放大

三

一大片的层云，平庸地弥漫
缠绕着半山腰
也可以出现在地面上，成为雾或霾
灰色的脸膛。低厚。阴暗。
蒙蒙之中，挤不出半点的雨滴

心情好的时候
用朦胧的诗意，抒写
大自然的本真与浪漫
如对楼小妹遗落的丝巾
在清凉中柔美，朦胧

远一点"翠楼含晓雾，莲峰带晚云"
平平仄仄
仿佛就在窗前，洁白，温暖

四

不愿与层云为伍
一种低灰，写下的层积云
用片状、团状或条状布料缝制的衣裳
低而蓬松，肥大
占据偌大的天空，不规则地排列
轮廓清晰，层次分明
偶下的小雨、小雪或被人们珍藏

投在大地上的隐约，明亮
赋予大地的诗意、永恒和热爱

清晨阳光，从这样的云缝里漏下来
清亮的山歌，彼此升起
见证鸟鸣之外的婉转
写就乡村的生态和美丽

　　　五

不甘于底层
或取诸怀抱，上升
一团一块，或圆或扁，或灰或白
以一整层或一整片
阐释生命的本质
这是高积云，无意或有意
展示在人们的眼前

秋天的傍晚，披着霞光，映着湖水

或因寄所托，放浪形骸之外
绽放自然的光华

清晨里
看不远处的江面，云霞辉映
清风拂过
"朝辞白帝彩云间，千里江陵一日还。……"
次第传来

多少个晴日的午后
天空一下子铺满了河边的鹅卵石，结实而散漫
又如新开垦的土地，一行行，一垄垄
伸向天边
仿佛挥洒无垠的爱、光明与坦荡
让我想起，阳光下挥汗如雨的身影
然后，记住土地，炊烟，锄头
记住永远的劳作与简单平实的生活

六

与高积云为兄弟
却被标为"无趣的云"
这是高层云，外表平凡无奇
均匀幕状，延展，布满整个天空
遮住的阳光，让你看不见自己的倩影

秋冬来了
日出和日落，是一个出头的时辰
阳光照射下，把那些鲤鱼红的、金黄色的颜料
均匀地铺在天边
同一座宫殿的情怀与洒脱，自如地呈现绚丽与雅致

不问节气，美丽的簿衣裳
遮不住太阳或月亮的容颜，好像隔着一层磨砂玻璃
蕴藏一种"朦胧"的深奥

有时，沿着山脉的走向
蜿蜒于大地、城镇、村落

多少个秋天里的凝望
成为旷野的辽远和肃穆

　　　　　七

难以言表的雨层云
在专业术语里的厚与重，阴与暗
云里雾里
体积庞大，蕴藏丰富的淡水资源
有"空中的水库"之称
渐渐被人类的智慧开启，造福生命

不规则的形态，横延千里
以黑暗覆盖，笼罩大地
倾洒的情绪
几个小时，十几个小时
淅淅沥沥
此时，屋檐下的炊烟
缠着一位老农的脚步

在屋里打转
而屋外唠叨，没完没了
一边是农业的忧伤
另一边是田园的喜悦

                    八

卷积云，无数小冰晶凝结的生命
透亮，没有阴影
爬得很高
纤纤的手，无法遮住日月的光华
一波"鱼鳞"的涟漪，波动的情绪，泛滥
风向杆下的凝望
成为暴风雨即将到来的预警

更多的时候
只代表一个人的心情
在洁白波动的闪烁中，展示自我
此时，静静地坐在一片草地上，仰望

那辽阔，那迢迢的远路，无法企及的故乡
移到眼前
无疑，这是一种高远
这是万物的恬淡，又是时空的心跳，晶莹的节奏
在虚幻的舞台上演绎着霓裳和温婉

　　　　九

天空中，飘浮着无数的冰晶
均匀地写下卷层云
是一个可以把冰晶做成三棱镜的使者

春夏季节，太阳光轻轻地穿过云层
可以看见，在小冰晶上的动作有点缓慢
发生折射，形成的"日晕"使太阳的周围出现一个
　　圆圈
由内而外，写上红橙黄绿青蓝紫的梦幻

古有"日晕三更雨，月晕午时风"之说

一种自然界的光学现象
是否也预示着雷雨天气的来临？

诚然，我警醒之外，更在意一个人的名字
在平淡之中的闪烁
在意一个与日月争辉的圣者
在稀薄的空气里
洒下的希望，情怀与光芒
让我想起世代的流转、更迭、云烟
时间的无情，人世的无常
在每一次的仰望中
也成为我旷远的思想和深刻的眷顾

十

与"卷"字命名的姐妹们一起
亮丽而谦逊
爬得最高，却不以"高"字命名
这是毛卷云，上升，不说"高处不胜寒"

零下几十度，没有冰冷的表情

光滑，细腻，晶亮，洁白

成为赞美的词汇

有如洁白的乱丝，羽毛

在高空悠闲

秋天来了，平静祥和的天空下

看云卷云舒，感觉乐园与长廊齐在

仙人之间，也都中庸了

望远处险峻的山顶，想那些洁白，纯净与高远

此时，我没有理由停下热爱的步伐

热血的涌动中，珍视每一份蓝天白云

珍视那些灿烂的星空，洒脱的雨滴

融入祖国——伟大的梦想

执着，坚守，奋斗

在生命的版图上书写人生华章

一份天气简历

姓名：低温冰冻。

性别：不详。身高：不详。

体重：不详。民族：不详。

出生年月：2010 年 12 月

籍贯：北方或北方的北方

毕业院校：或是北极冰冻大学

性格：反常；怪异。

地址：不固定。

联系电话：12121。

个人经历：从北方到南方，踏过小雪、大雪

走过冬至、小寒、大寒

踩过高山、平地、江河、湖泊、田畴、屋顶。

脚下生风、生雨、生雪。

留下积雪、低温、冰冻痕迹。

个人功过：降雨 5 毫米、10 毫米

缓解一些旱情。

江南北部积雪 5 厘米、10 厘米

电线积冰 20 毫米、30 毫米、40 毫米

湖南重庆贵州广东广西受灾严重

牲畜冷死鱼类冻死冬作物冰死道路封死

交通告急。电力告急

人们回家过年的情绪告急。

自我评价：冷漠、无情。

民众反应：讨厌、哀叹、痛恨、抗击。

新闻媒体反应：

湖南铲雪除冰保电力通讯、保交通

保供应、保人民群众生命财产安全。

上海启动应急预案，温暖，坚定，让大雪压不沉

　"菜篮子"

广西唱响傲雪抗灾保民生大歌……

广东十万农民工，组成浩浩荡荡的"铁骑大军"

顶风冒雨，长途跋涉

赶往一个叫"家乡"的地方过年

这是立冬（组诗）

一

在那场久违的雨面前
把戊戌立冬移到乡下
心情必须超越那些南转的北风
超越那些有点冰凉的雨滴

把立冬移到乡下
用四个轮子，一个钟头的路程
立冬就不是钢筋水泥味道的立冬了
没有喧嚣，斑马线的汽车尾气
不可以翻越那些有点高的山
不可以蹚过家乡那条弯弯的河
语言有点拒绝那些"不懂（普通）话"
唯纯正的乡音，可以亲近乡下的亲戚
可以亲近村头那一只会摇尾巴的狗

这是立冬，可以坐在老屋里说古
可以走在乡间的小路上歌唱
可以在清清的河水边流连
可以在一棵老树下欢愉

这是立冬，可以与乡下的兄弟
说说柑橘、马铃薯的收成
说说冬天的第一场雨
说说"米酒"，说说谁谁又到城里买房了

把立冬移到乡下
突然发现，我手中的词语
很轻易地爬上了屋后的枝丫
翠绿且清新

　　　　二

我以为，立冬是从东面阳台的窗口闪进来的
悄悄地打开了我的眼睛
碰响我床头柜上的书籍

完全没有冬天的概念
时间在刘频《雷公根笔记》里游荡
思想，一片绿盈盈地

降落在家乡的野地里
此时，在窗外一两声鸟鸣点缀下
立冬有许多特别的风景和味道
让我温暖，然后兴奋
让我暂时忘记了手机、微信
于是立冬的许多细节就被省略了

显然，立冬不仅仅这些
电脑屏幕前游动快活的手指
首届中国国际进口博览会的热度
久久，绕在我的窗前

三

真的，我无法准确地说这个立冬
立冬在厚厚的云层之下
首先被一场冰冷的雨打乱
迎着北来的风，我说不出是立冬造就了雨
还是雨占领了立冬

我说不清楚，立冬在乡村之上
还是乡村在立冬之上
我说不出立冬在厚厚的风衣里
还是在红红的火堆旁
我也不敢断定那一声咳嗽是否与立冬有关

这是一个下午，在乡村的一条青石板小路上
我用脚步踩着雨滴，丈量着立冬
被似曾熟悉"吃饭了——"的声音打住
突然感觉这个立冬，真的很温暖

　　　　　四

从早上 8 时开始，站在刚打开的手机的屏幕上
然后，就有零星的微信，打开我的眼睛
一些"早上好"，很快地点亮了我立冬的一角
如刚爬上屋檐的阳光
然后，我的一天就开始灿烂了
然后，9 时 30 分就有灿烂的立冬情绪

带着两个诗友，灿烂到起凤山

后来又灿烂到大明山脚下，一个叫内潮的地方

进入数码相机里，成为灿烂的笑容……

20 时 30 分，我的立冬呢？

灿烂——立冬的一部分

已经在有 CBA 的电视荧屏上

一朵云

远一点看你
你就是你
近一点看你
我怀疑一双近视的眼睛

你珍惜每一粒阳光、清风和雨滴
你坚信每一次电闪、雷鸣和冰雹
在喧哗、自由和宁静里
绽放生命的花朵

你梦也浪漫
时而起伏
时而阴暗、明亮、坚守与热爱
时而大笔一挥
把一些警句写在天上

呵，一朵云就是一朵云
不在乎大地的眼睛

高高的夏至

一次又一次
高温与绿树的对话，争夺
让你的空间，防线
逼到 38℃线的角落

白云来了又走
阳光一粒又一粒堆积
超过你的想象和高度
让你无法回避
包括你的手机、键盘
你的坚守与忙碌
而你的梦还在
你的绿、诗歌与热爱还在
在一棵树冠的缝隙里
发出清凉的声音

夏天就这样过去

在那一片蝉鸣里

气温 37℃

苍蝇坠落，啤酒升起

俯瞰大地

甲虫似的车辆重复昨天的形式

……

我想说的夏天

踩烂一片瓦房

穿过一位老农的无奈

刮倒了 8 亩蔗林

淹没了 3 亩农田

拐过我一首无助的诗歌

在河边的哽咽和叹息里

过去了过去了

带走了乡村上空的一块乌云

月亮不白

从床前明月光
到二十一世纪老家的地上霜
云朵很远，树木很近
网下许多，空洞的眼睛

谁把日子打开？
月亮还是淳朴的月亮
月亮不白，日子不白
诗歌不白
窗户依然打开
一粒清凉的声音
轻轻掠过

风吹就吹过去了

青山围拢
没有眼睛
有一片树叶是我
阳光就那么斜斜地
打醒了谁?

一块石头的走动
没有顾盼
群鸟匆匆飞过
声音在一棵树里的反复
摇响,又一个节气

抬眼望,白云悠悠
山河依旧
风吹就吹过去了
大地,一片寂静

我认识的那场雨

斜斜的姿势
扫过每一片田垌
然后打在村头那一棵龙眼树上
雨中那个捡落果的男孩子
是我

我认识的那场雨
一粒一粒
落在喜鹊常光顾的两棵苦楝树的中间
点击我家那头独角老黄牛喜欢的鱼塘
敲打塘边那三间低矮的老房子
雨中，带着斗笠披着蓑衣
走在田堤上的男人
是我的父亲

我认识的那场雨
没完没了
真的离我那么的近
敲打着，沉浮在黑暗和明亮之间的梦想
雨中，一个喜欢读诗写诗的男人
心情如雨

这个一月

把一部分的广告词，挂到大明山上
命名为雨凇或者雾凇
让一些南方的摄友，疯狂
找不到回家的路

很多的手，从北面的树顶伸下来
抽掉了郊外瘦弱的阳光
让窗外发芽的声音寂寥，失色

绵绵的脚步，在每一个角落里走动
用脚指抬高青菜价格

唯一的绿色，爬在我的一首诗上
有点温暖的节奏，领着我
穿过6℃以下的低温
慢慢地，走进我自己

谷 雨

踩着瓦屋顶
持续，匆匆又急促
一阵一阵
几小时。十几小时。
抽打着，另一个谷雨

一寸一尺，河水上涨了
吞没着河边，田地
一米，二米，三米……
让河边的脚步沉重，无奈
水稻，玉米
渐渐地，淹没在急促的声音里

傍晚时分，无情的手
无休无止
打在老农的心上
隐约地痛，顺着屋檐
在晚上电视天气预报的荧屏上，弥漫
……
谁的鞭子

抽打着谷雨的翅膀？
过去的那些乌云是知道的
江河、大地是知道的

2017年，谷雨
从清明走过来的一场大暴雨
打乱一颗平静的心

听　雨

嘀嗒嘀嗒
谁的豆粒打在瓦顶上
散漫、清脆又急促

我多想把它们放在枕头里
每天晚上，嚼着
乡村的一把心事，入眠
我多想把它们抓在手里
细细品味
田园、吆喝、汗水的气息

豆粒，谁的豆粒
打开窗户
凝望窗外一棵树
在风中、雨中，坚定的姿势
此时，我浮躁的心
被渐渐打湿

豆粒，谁的豆粒
我多么想在一棵树里

听一种声音，渐近渐远
我多么想在一枚树叶里
平静，舒展，坦然
然后，简单自由地快乐

第三辑

延伸的脚印

一些和夏天有关的情节
——武鸣区马头镇尾雷屯之行

不想说有空调的房间里
茶杯。电脑鼠标。疲惫的双眼。
不说夜晚的烧烤摊旁
色盅。水鱼。七零八落的空酒瓶。

2013 年，夏日的一个下午
一群人，拒绝喧嚣。浮躁。
拒绝 39℃的高温
来到大明山脚下的一个小村屯

下车。抬头看天。
有一股清风吹来
满眼的绿。弥漫。
小桥。流水。人家。
绿树掩映。山歌缭绕。

散漫的脚步，来到一汪泉水的旁边
水的清澈。流动。水帘。水声。
水面游动的几只鸭子
水里穿梭的小鱼

水边的阳光，树木，花草，鸟鸣
都被这些人，无限地想象
他们当中，有的以小说的细腻
有的以散文的悠闲，有的以诗歌的浪漫
把夏天的细节，拉长，放大。
在抒情的段落里
他们有的兴奋，喊叫，唱歌
有的蹲在泉边干净石板上
不停按下相机快门
有的索性放下了背包、袋子
脱下了鞋子，拿下架子
回到童年
有的什么都不脱
成为动词，成为小鱼
成为水面游动的鸭子
……

这一个下午
一些和夏天有关的情节
与山的脉搏，树的呼吸，水的低语一起
被一群文人墨客挥霍

霞光轻轻扫过

脚步，似走非走
披着霞光，悠然
穿过天边的高积云，绚丽
其中一束，越过武鸣明秀园门楼的飞檐
抵达一个叫"清古庭院"的地方
姿势斜斜地
动作有些缓慢

完全摆脱一种教条的程序
光着脚板，丈量着庭院的深深几许
扳着指头，数着
绿树，青砖，灰瓦
在石板铺砌的廊道上，散漫
怀旧的几粒
打在斑驳的泥墙上
然后，滚在石磨边、清泉旁
发亮而深邃
还有几粒，浏览记忆中的书斋
之后，在简约的灯笼下
橘黄地摇曳

完全去掉一些高大上

一张木桌，一幅创意的壁画

就可以随意地思索，发呆

可以自在地吃饭、呷茶、蹭 Wi-Fi

可以见对面，一群文人墨客

或优雅或深沉

或吟诗作对或高谈阔论

还可以见，走廊上长发飘飘

短裙，旗袍，悠悠闪过

让一些焦躁、不安

随着时光，渐渐流逝……

呵，这是初夏的一个傍晚

霞光轻轻扫过

一个清古庭院，没有打扮

在恬静、温馨的时光里

纯粹而又自然

幸福的时光
——写给南宁轻轨 2 号线

不是南来的台风
不是北压下来的冷空气
让你忧虑。紧张。措手不及。

一座城市的思想
被一条贯穿南北的轻轨 2 号线
轻轻打开，带来许多的新鲜与活力
又如一夜春风
让街道两旁满目的扁桃，兴奋地舒展
每一片树叶都告诉天空告诉白云
真正的南宁速度
这些速度
让人们一下子轻盈
如南来北往的燕子
掠过玉洞、金象，迎着朝阳、明秀
然后，一阵欢快的呢喃
记住安吉，一粒粒
幸福的时光

南国许多的梦

从北面的大明山过来
很熟悉的样子
与青秀山一起
在城市大小街道的路旁
在广场、公园
居民的阳台
有序地弥漫
随手抓一把
你自己会慢慢地绿了起来
然后如朱槿花，一朵朵
心平气和地说话
让明净的、和谐的、生态的
如邕江两岸的清风
缓缓扫过
让我们熟悉的喜鹊、燕子、蜻蜓
兴奋地尖叫
白鹤来了，白鹭来了
信天翁也来了
在凤凰山、良凤江
挽留又一个节气

邕江水，温情一湾

用十八岁，把一座城市拥抱

一片水的声音，水的温柔

枕着梦乡

让一座城市有了灵性

有了敞开的思想

哦，还有那些嵌入大地的明珠

在月下，送着蓝色的秋波

一会儿神秘地告诉你灵水、南湖、民歌湖

一会儿让你记住心圩江、可利江……

秋天来了

洁白的云朵下

一坡坡民歌很长

五象新区、广西体育中心、高铁、火车东站、新航

　　站楼……

又让人感觉，是一夜之间

其实这只是"向东向南"发展战略的一部分

这是南宁速度

体验了这一速度

就会铭记一些日子

2014 年 9 月 25 日

南宁至北京高铁动车正式开通

2014 年 12 月 26 日

南广铁路、火车东站正式开通运营

2015 年 11 月 2 日

南宁保税物流中心升级为综合保税区

2015 年 12 月 17 日

中关村创新中心成功落户南宁

2016 年 6 月 28 日

南宁市轨道交通 1 号线东段开始运行

……

2016 年，邕州大地

打开每一扇窗户

南国，许多的梦

与一个伟大的梦想融在一起

渐渐升腾

伊岭岩

伊岭岩位于广西南宁市武鸣区境内，距南宁市区 18 公里，是一座典型的喀斯特岩溶洞。因地处伊岭村而得名，又名"敢宫"（壮语），意为宫殿一样美丽的岩洞。

——题记

一

喀斯特，千万年
水与岩石的对话
每一个词
都如此清凉，透亮，纯净。
让你思索，兴奋。
让你暂时忘记
夏日的高温，冬天之寒冷
让你惊叹，壮乡大自然的神奇

脚步与思想
沿着一个壮家妹子
解说词的节奏和方向
缓缓，穿越时光

走过海螺状甬道
上下。曲折。迂回。
观水滴石穿
看花开花落
想云卷云舒
然后，便有一束亮光
打开心中的幽暗
然后看见，天空的高远
大地之辽阔

二

白云悠悠
到这里也会放慢脚步
问问古人，闻闻仙气

手，一双隐形的手
以滴水作笔，时光为墨
在一段地下河道里

写了千万年
关于"溶洞""石头"
关于钟乳石、石笋、石柱
石花、石幔……
让后人去读

梦在发生
一个诗句又一个诗句
美在发生
一双眼睛对着另一双眼睛
奇迹在发生
一个人传给另一个人
思索在发生
读不懂读不透读不完的诗句
放在那
弯一点，或在"曲折迂回"的地方
高一点，或在"空中走廊""北国风光"
低一点，或在"海底公园""红水河畔"
让一个人又一个人
让后人和后人的后人

匆匆的脚步，眼睛
想在那，停留一会儿
舒展一会儿
哦，不止一会儿

丹宁的红

——走过广西北海金海湾红树林

胎生繁殖
生命孕育的过程
让我想起，已经去世了多年的母亲

不在于表面的红与不红
血脉里，丹宁的红
出淤泥而不染
高举绿色的姿势
让我敬仰

很显然，高盐分的海水不算什么
丹宁的红，简单地坐着
就可以抚平那些海浪
净化那些海水
成为，海岸的森林卫士

看，不远处
从海岸掠过的一行白鹭
与眼前的绿一起
书写着白云
海岸的自在与宁静

这是初冬的一个下午
沿着一条长长栈道
走过金海湾红树林
我的诗歌
注入了丹宁生态的成分
很悠然地，爬上了树梢
随着潮起潮落
红红地，摇曳

东坡亭，让我的脚步停下来

——2017 年 11 月 16 日，参观广西合浦
廉州东坡亭

不说冷空气

无暇逛"龙光射牛斗之墟"

一个叫廉州的地方

东坡亭

让我的脚步停下来

不见荒烟漫草

不问古云"廉之亭与井，

直与惠之白鹤观，儋之桃柳庵……"

目光，迫不及待

扫过主亭正门上端的一幅匾额

一股豪放的仙气

缓缓袭来

让我想起

《水调歌头·丙辰中秋》

《念奴娇·赤壁怀古》

让我情不自禁地朗诵——

"大江东去，浪淘尽，千古风流人物……"

正壁上方"仙吏遗踪"四个大字
一下子照亮，我心底的墨迹
让我脑海里的横竖点画
古朴浑厚

凝视诗人石刻像
抚摸那些方柱、孔窗、斑驳的墙壁
有一粒尘埃，带着我
穿越到了宋元符三年，或寻觅
或到池边的一棵杨柳树下
品味《雨夜宿净行院》《记合浦老人语》
或静静地等待
几个小孩拿着狗罗罗花放在嘴边
边走叫喊——
"黑狗、黄狗、白狗罗罗！"
"黑狗、黄狗、白狗罗罗！"
反复，渐行渐远
……

丁酉初冬

有一个上午不肯离去

广西合浦东坡亭前的草地上

一首诗歌

悄悄发芽

时　光

这是周末
一些不安分的思想
离开电脑，走出喧嚣
在一个叫忠党的地方
把冬天的一座水库烘热
脚步，踩着淡淡的阳光
时而三三两两
时而平平仄仄
在水库西北方向的一片草地上，散漫

不远处有一群白鹭
带上一些的情绪
如诗行，如音符
写在水边
或在我们的头顶
盘旋，传递一弯精彩的情节

有一叶扁舟
载着几声山歌
自水库的东面朝着我们驶过来

激活我们的声音、文字
在水面，泛起层层涟漪
……

这是冬天的一个下午
阳光隐隐约约
一些浪漫的诗意
或在草地，或于水旁
有的沉静地坐在一些奇形怪状的岩石上
有的轻盈地爬上水边一棵木棉树顶
北风吹过
沙沙作响

那一天

他不认识西门
他不认识一米
他只认识陆过
认识陆过的老房子
以及老房子里的那一位老人
他的步子总是抬得很高
高过后山
高过村边的那一排桉树

记得那天
他低头瞥见老屋里的那一位老人
在天井里晒花生
动作有点缓慢
旁边有两只花猫很悠闲地玩耍
他笑一笑就走了

呵，下午 3 时
一个不完整和笑靥已闪在西山的后面
有匆匆的脚步带来了一丝丝风
此时我们已经走进天井

围坐在一张小圆桌旁
说说山水、树木和鸟鸣
说说人生、清风和老屋
对着瓦蓝瓦蓝的天空
对着不远处爬满青藤的山崖
以及一个清凉背影
举着酒杯

等着我

我记得，那里有一条宽广的大路
那里有一坡壮族的山歌
我记得，那里有一片无垠的绿
那里有一面明净的湖
我记得，那年那月
你用你的清风
你的温度，你的雨滴
挽留过谁

哦，等着我
在一个叫仙湖的地方等着我
在那一片绿油油的甘蔗地里等着我
在湖中央的那一个小岛上等着我
在心中的那一片草坪里等着我

雨季已经来临
你就用你的绿，你的一把雨伞
你的一首山歌
等着我，等着我。

群鸟飞过

那里有一个叫仙湖的地方
太阳在绿色中穿行
一粒一粒
那是洒在东晋永和九年的三月三
会稽山阴兰亭上的阳光吗？

群鸟飞过，禾苗茵茵
玉米葱茏，文人雅集
一声声山歌轻松地爬上了云端

群鸟飞过
大地沐浴湖光山色
呼吸"兰亭"清风
湖边，草地，脚步轻盈。
每一双眼睛，在绿色里发亮
每一片情怀，在天空里飞翔

群鸟飞过
用执着用灵性的翅膀
扇下一地
好山好水好诗文

登天子山

到张家界，不登天子山，可谓没有到张家界。

——题记

山在天上，天上有天子
一只手掌遮住了天空
一朵云从一根手指
绕过另一根手指

山在山上，一缕乳白色的云纱里
很多蚂蚁，南腔北调
有的抒情到天上去了
有的自言自语
一轮太阳高高挂起
陡坡上的台阶，截下一个个疲惫影子

山在心上，喧嚣远去了
眼前多么辽阔
阳光下的许多清凉
就在一棵树里

山在山下，峭岩上古松不语
满眼绝壁耸峙
深不见底的深谷
一首诗歌跳下去了
一会儿又回到传统的平仄里

我想带你去看一片大草场

春天来了，我想带你去看一片大草场
去看一片净洁的天空
听天空下哗啦啦——
一群白鹭飞过的声音

这是一片一千多亩的天然大草场
一条小河从草场中间宛然穿过
河的两边芳草茫茫，野花竞放
蜜蜂繁忙，蝴蝶纷飞

呵，我想带你到河边走一走
看散漫的牛群一边悠闲地吃草
一边用尾巴甩着和煦的阳光
河水清清
河里有一群小鱼，在不规则的大石块间穿梭

我想带你去看草地中间的那一汪清泉
它如村姑遗落的一块明镜
映照着蓝蓝的天

呵，如果你累了
你就躺在草地上面吧
舒展你的四肢，仰望着天空
看一朵朵白云缓缓飘过
你还可以静静地倾听虫鸣
以及草儿说话的声音
······

啊，迎着风吹来的方向
张开你的双臂，拥抱大自然吧
尽情地展示着生命的和谐
让来自天堂的声音，从这辽阔草地里
传给每一个人
让自由、美丽和幸福
一层一层地打开
让梦想、希望和期待
一点一点地靠近我们的身体

春天不远

羊年腊月的一天下午，到武鸣伊岭岩卉芫园林花卉基地开展文学采风活动，看到寒冬里各种各样的花儿在风中竞相开放。

——题记

一个没有阳光的下午
一只冰冷的手
抹不掉，一片格桑花的烂漫
以及，冬天一粒粒温暖的诗情

我们三三两两，走到水边
一会儿歌唱，一会儿抒情
突然，有一双眼睛的清澈
点亮我

哦，天气、花海是你的
也是我的
长发轻飘，相机"咔嚓"
阡陌上谁的诗句
轻轻地穿过腊月？

猴年不远，春天不远
眼前 12℃的笑容
一朵一朵
在风中灿烂

纳天的绿
　　——南宁市武鸣区作家协会
　　文学创作基地之行

起伏于清风，静默于明月
绿色的思想
或明亮或坚定
守护着，绿色的灵魂

拒绝喧嚣，纳天地之绿
如祥云荡漾
在湖边，与亭阁楼榭
树木山石
注入一地的温暖和宁静

在纳天，万物是净洁的
山因抱水而绿
水为绕山而灵
绿的山，绿的水
绿色的胸怀
把绿绿的阳光揽住
一弯碧绿的湖
写就一片蓝蓝的天
一片翠绿的茶

托起一朵白白的云

……

2017，暮春的一天

一群白鹭，扇着翅膀

从东面的山上飞过来，飞过来了

绿色的声音

在湖面上，绿绿地

把一方的自然与生态点亮

明净之中，一群文人墨客

如吱喳的麻雀

飞过来，飞过来了

成为一片树叶

成为绿色的一部分

沐浴着山庄的晨曦、薄雾、晚霞

一会儿在一棵老松树下，绿绿地感叹

一会儿，又到茶山一个叫"沐诗轩"地方

抒情。吟咏。

留下一地

绿绿的诗行

纳天，那一天

一片茶山
委婉地，劝走了高温
几朵白云，简单地
把倩影，投在碧绿的湖面上
似走非走
一群白鹭，从湖对面的山边
悠悠地，画下一弯优美的弧线
挽留一地
散漫的脚步和绿色的眼睛

不说阳光
不说阳光下的 37℃
湖边，一把诗情
一缕清风
扫过一道长廊
穿过翠绿的柳梢
然后，与湖面上
几只野鸭，一跳一跃
抒写着纳天

时间之水

——观广西宾阳思陇凤凰瀑布

一个叫凤凰的地方
时间之水，缓缓
在白云、清风之下
在鸟鸣、绿树丛中

远一点，我看见了李白的时间之水
飞流直下三千尺
近一点
我左脚碰到树木声音
右手是花草的气息
再近一点，时间之水
拐过一块大石头之后
从我的相机进去
出来是一位乡村少女的
大大的清澈的眼睛

2017年初夏里的一天
时间之水里
我心中一块石头
被瀑布的一团飞沫
打湿

游起凤山

　　起凤山位于广西武鸣区城以东 7 公里的城东镇夏黄村附近，此山东西双峰并峙，远看如双凤展翼腾空，山上古木挺拔，怪石峥嵘，庙阁掩映，岩洞幽深，历代文人墨客游山赋诗题词刻字举目皆是。2017 年 5 月 3 日，携文友 4 人同游，流连忘返。

——题记

意想不到，城区向东
大约半个小时的行程
就可以把一些喧嚣，烦躁
甩在弯弯曲曲的小路上
很快，一双双饥饿的眼睛
爬上茂密树梢
此时的心情
和这里的每一寸空气一样
都是绿色了

绿色会说话
绿色山水田园的眼神

都在一点点拔高我们的欲望
历代文人墨客的赋诗题词
都在拖住我们的脚步

石壁上"石上莲花"
在树木的摇曳里
带着一缕清凉，直达我们的心灵
"朝阳鸣凤"一撇一捺
散发一种气势
和几声鸟鸣一起
绕在岩顶上，清亮

似乎听到"读书岩"里的声音了
我们不敢高声话语
往前走，抵近太极洞的时候
洞口一个大大石雕"凤"字
磅礴的繁体楷书，一下子抓住我们的眼球
落款处"清道光王元仁"几个字
隐约可辨

太阳快落山了

一位文友说凤的翅膀呢？

望着山下纵横交错的田畴

我们放慢了脚步

突然想起文昌阁里"天人合一成为佛……"

此时，我们下山的脚步

变得轻快了

第四辑

挥不去的情怀

2018，端午的方式

以太阳的名义
把头顶的云朵扫净之后
擦亮"楚辞"，让"屈原""离骚"这些词语
在天地间明净

一群把诗歌当成热爱的人
似乎闻到了楚风
突然失去了身份
来到，一个叫碧田园的地方

荷塘边，绿树蓊蓊郁郁
百香果藤蔓缠满的长廊，深深
端午的脚步，踏在
"路漫漫其修远兮，吾将上下而求索"的节奏上

不久，又有一缕艾草的清凉
弥漫，让水上的一座古色木屋
在36℃的高温里，宁静
然后，任由
"亦余心之所善兮，虽九死其犹未悔……"

许多诗歌的声音

在水边、在荷丛

或在木屋廊边一张木制的圆桌旁

泛滥

不问秭归，往南望去

不远处，几株荷花无意

在一个叫"一米"的诗人的情绪里，羞涩

田田的荷叶上，"日月忽其不淹兮，春与秋其代序。

惟草木之零落兮，恐美人之迟暮。"

反复，忽远忽近

怀 念

不是越过城市斑马线
敲击水泥地板
打击汽车顶棚的声音

一种声音的自由
任性在家乡一块积雨云层下
从东面的一座山林开始
蹚过山下的一条河
滑过河边那些浑圆的牛背
然后扫过村前的玉米地
无拘无束

一种声音的清凉
写在盛夏的一个午后
伴随着雷电
从村后的那一处葳蕤的树木开始
跨过两片芭蕉林
打击屋后那丛蓬勃的棕叶
敲击乡村的瓦房

然后，与天井下等雨的水缸一起
发出叮咚的清凉

一种声音的清脆
撒在乡村的土地里，时而发芽
时而打在阡陌那些浮动的竹笠上
时而跳在村姑的花伞边
与一阵阵山歌声一起
萦绕在我的心里梦里

这些和那些

随意地摆放着
如河边的鹅卵石，或躺或坐或站
不太整齐

很坦荡走着
走着被侵蚀。被打磨。被冲刷。
走着被村民擦得铮亮
丢弃在屋后的石磨，沉重而久远
那些红色标语
渐渐地风化。褪色。消失。

稻谷青了又黄
泥土之外有了另一个身影
绿色之上的眼睛，就那么绿着
一阵风吹过，那些美丽
如刚收回来的瓜果和玉米

村道两旁，谁在说话

两支烟的长度
一辆大货车的宽度
就能把瓜果运出去了

谁在说话
张开双臂欢迎
是那些排列整齐的玉米丛，甘蔗林
番茄张灯结彩
青椒唱着青青的歌
那些匍匐的瓜苗
舒展着自由和生态
花生秧以绿绿的叶子遮着脸面
悄悄地开着幸福的花

谁在说话
村道两旁
从低处谈论着乡村——
简单的美丽

河边的老屋

河边也有秋天
河边吸引了一些灵动的思想
在河边的一间已经倒塌的房子前面
徘徊
疯长的野草一摇一曳
阻挡一些好奇的脚步
然而，在相机快门的咔嚓声中
破败墙壁上红色的标语、语录模模糊糊
红漆字"飞合四清综合水电站"隐隐约约
听旁边一位锄地的韦姓老人说：
六十年代中后期
这里白天碾米、打粉、发电
机声轰鸣
太阳一落山
村庄电灯通明
高音喇叭歌声缭绕
……

当年的水轮泵、发电机、碾米机、打粉机
去了哪里？

如今，断墙残壁荒草

还有坍塌的窗口在诉说什么？

河水哗啦

断墙上有斑驳语录——

"人民，只有人民，才是创造世界历史的真正动力……"

依稀可辨

河水哗啦，一个时代的记忆

一个与水有关的记忆

还在河边

山歌就是这样

很悠闲样子
时而在村头的树下
时而到村前的河边
上升。环绕。
哦，是那些婉转的鸟鸣
是那些袅袅的炊烟，屋顶的雨滴
是那些稻子开花、玉米吐缨的声音

又是一年三月三
那些鸟鸣炊烟雨滴的声音
飞过城乡的接合部
越过大道的斑马线
在城市广场、江滨、公园
很自在地散发着
青草、果树、菜花的气息

慢下来

无形的手，高举着阳光、温度
驱赶着头顶上三三两两的云朵
唯有我们的脚步我们的眼睛
在一条乡村的小路上，坚定

哦，田野的绿
让我们的脚步，我们的眼睛以及思想
慢下来
在水稻、玉米张扬拔节的声音里
在龙眼树花开的声音里，慢下来
在村头一棵500多年大榕树的沧桑里
在流过村庄的那一弯清泉里
慢下来

呵，看篱笆墙的枝藤伸着蛇一般的舌头
卧在屋边的大石磨上安然地闭着眼睛
……

这是五月里的一天
一些美丽以及清凉

让我们的脚步，慢下来

慢下来

中秋望月

远一点
星辰。灯火与往事。
近一点，思念。颂词与歌声。
都在今夜呈现
宛如，壮家美酒的香醇
袅袅升起

还是去年的月亮吗？
今夜，有一个人
眺望东海，看到一个忧心的月亮
当然那一轮明月
曾经照耀过长城的逶迤
夹金山、雪山上的草鞋
井冈山上的扁担和一草一木
照耀，九百六十多万平方公里的胸怀和气魄
以及五星红旗、谷穗和家园
……

还是去年的月亮吗？
今夜，有一个人

有房。有诗。有酒。

还有一份不寻常的月光

国庆的喜庆，中秋的味道

让"大江东去，浪淘尽，千古风流人物……"

磅礴的气势，豪迈

让"明月几时有，把酒问青天"的思绪

渐渐地升腾

哦，月光下

分明还有另一种声音

"钓鱼岛，是中国的！"的口号

已经越过眼前高楼，漫过近处的草木

然后，穿过我

让我在一棵树里

进一步地警醒和宁静

一个下午

如果不是他要去鲁迅文学院高级研讨班学习
如果不是他要离家四个多月
如果不是他明天就要出发
他这个下午就简单一些了
也许进入一篇文稿，或者进入一台电脑之后
出来就是下班时间了

很显然，他的这个下午太小
装不下一大堆的事情
他说未完成的工作要交代同事
他说他刚出版的诗集要发送
于是不停地签字不停地包装
不停地在一个个大号信封上写姓名地址……
他说朋友们在等呢
已经接近傍晚 7 点钟了
他儿子打来电话说
天黑了，家里还没有一个人
他对儿子说，你已经八岁了要听话
他还在收拾、打包十本厚厚的书
他说这是明天最重要的行李了

真的，我估计他没有拖住阳光

下午三点到七点，一晃就过去了

真的，很有幸我能碰上他

让我能对他说一些祝福的话

让我最先闻到他刚出版的《慢了 0.1 秒的春天》的新鲜

天渐渐地黑了，他让我带回 3 本诗集送给我的诗友们

他说，我很看好你们几个

说说街灯就亮了

慢了 0.1 秒

那一张国字脸

——记我的一位小学语文老师

几十年前，多少个冬天
曾经从那一间低矮漏雨的教室外
以及那些缺了门扇的窗口
吹过来的那些寒风，那些冷雨
如今吹到了哪里？

抹不去的一张脸，一张国字脸
在暗夜里，在一盏小小的煤油灯旁
闪耀的一丝亮光

记得刚上小学的那几天
那一张国字脸
在那些破旧、高低、长短不齐的课桌旁
摇曳
那一张国字脸和开着大大的国字口型
教我们念汉语拼音"ɑ，o，e……"
教我们大声念着"日、月、水、火、山、石、田、土……"
那一张国字脸与黑板上
他那方方正正的粉笔字一样
十分醒目，协调

后来感觉那一张国字脸里
不仅蕴藏着语文课本里的知识
还有许多的"德、智、礼、义、仁、忠、孝、信"
以及毛泽东主席的诗词、壮族的山歌……
在似懂非懂的故事里
让我铭记，让我一天天的长大

几十年过去了，那一张国字脸
给我留下了许多唐诗宋词和毛主席诗词
让我热爱文学，喜欢舞文弄墨
不能忘记
我第一本诗集《壮乡情》送给他的时候
那一张国字脸，再一次闪耀着当年的亮光

又一个教师节来临了
想起那一张熟悉的国字脸
我再一次说声：老师您好！

向南的窗口（组诗）

一

曾经，是我最初的眼睛，多少个清晨
看见几粒新鲜的阳光，挂在窗前的树梢上。徘徊。扫过。
此时，母亲的第一缕炊烟，窜过屋外
漫过村前的"香山河"
高过村后的"大明山"

远一点的窗外，我看见无法追上的云朵
像爷爷放牛戴的那顶斗笠
被风吹去了，又飞了回来

我不止一次问奶奶，窗外远远的地方是什么
奶奶说是山，是山
父亲说是城市。我眨着眼，摇摇头
读小学的一天，语文老师在黑板上写下——
"中国"，"首都，北京"
我回到家，倚着向南的窗口
眼睛在一朵云里寻觅，久久

后来听父亲说，窗外远远的地方
有很多很多的山水、河流、田地……
从此，向南的窗口，开始了一种宽广
渐渐的，欲望开始盖过一些鸟鸣
如后山的草木，蓬勃地摇曳

二

肯定有树木遮不住的眼睛
让我可以准确地说
家乡的鱼塘、水井、瓦房、老树
祖母的银发
母亲的蓝衣裳蓝头巾、父亲的烟斗
肯定有一只手牵着我，让我可以随着家乡的山歌
高高的，绵绵的
在"四月八"歌节的枝头上，盘旋
让我看见，向北引导阳光、飞鸟的翅膀
看见干爽的风吹来，山河趋向壮丽

1978 年春日里的一天，向南窗口抬了一下眼睛
一个 21 岁，裹着壮族的口音的身影
带着玉米、红薯、芋头的芬芳
走出山外，寻找比窗前更亮的阳光、火焰、灯盏
从此，开始有小小的脚印
在一条通往远方的小道上，执着，徘徊，坚定

　　　　三

不能忘记，向南的窗口，熟悉的一只打过柴、割过
　稻穗的手
挥过一些树木，扫过一些杂草，搬过一些石头
开辟出一条小路，弯弯而又自然

又一个季节来临，有雨打在己亥的窗檐上
还是当年的雨滴吗？

可以对窗前的那一棵老龙眼树说
一只打过柴、割过稻穗的手

在日月里，已经渐渐地厚实、灵巧
端稳饭碗，把握方向，坚守一方天空
认真写好每一行字，拨动玉米拔节的声音
偶尔托着下巴深思，发呆

空闲一点，半把的思绪，又回到向南的窗口
荡漾在小河边，古塔下，青石板路上
然后垒一些文字，在诗歌里抒情
或在翰墨的浓淡涸湿里，放浪

2019，不用遥望，向南的窗口，依旧说"阳光真好"
依旧珍藏着一些简单的树叶和鸟鸣
依旧延伸着踏实、热爱、自由、温暖和快乐……

纹　路

如村前的那一片玉米地
自然，向着阳光
河水向东，小路向南
从纹路里，看见风自山那边吹来
然后在村巷里干净
一条河
绕过村前的那一片田垌，远去了
回望里，又是一湾的清澈

一棵老树因你而生
一山、一水、一歌、一声
都在梦里醒着，弥漫着
后来你说有天空发黄
从河里一条鱼的死亡开始
你看见了他的反面
褪色的容颜里
你不能原谅污水的低语
你无法赞美苍蝇的歌唱

又一年夏天

有风从山外吹来

你欢呼你随风摆动

你看见一个亮丽的身影

在清晰的纹路里

记　住

记住那些麻雀、蜻蜓、象鼻虫
散漫的雨滴
打击瓦顶的声音
记住村巷里的青石板、村谣、孩童
挥之不去的吆喝声

记住一棵老树，一方鱼塘
鱼塘北面的那两间瓦房
有一扇窗口对着我
时隐时现的粗辫子、大眼睛
还有那一声山歌
绕过屋顶
飞向瓦蓝瓦蓝的天空

那些思念

是一缕家乡清清的风
吹过我
让我想起，褪了色的蓝土布衣，包头巾
以及曾经在风中雨中的身影

那些思想
好像家乡淡淡的阳光
扫过我，让我想起
默默地倚在村口的身影
以及呼我乳名的声音
温暖就如此的临近

那些思念，好像家乡清凉的雨滴
让我记住，一把锄头，粮食，蔬菜
让我在一片喧嚣里
异常地清醒

又一个母亲节到来了
那些思念，穿过时空
从屋下的一豆油灯开始

从我熟悉的咳嗽声开始
从屋前那一棵龙眼树开始
从老家山上，一个圆圆的土堆开始
在我的一首诗歌里，流泪

十月里的一棵树

忘不了一种声音
贯穿绿色，枝杈，叶片
深入灵魂深处

记住一种声音，在干旱的日子里
学会向往，坚持
学会抛弃轻轻的叹息

是一棵树就是一棵树
不懂南面袭来的是几号台风
分不清是风夹着雨还是雨夹着风
在一种声音里
学会热爱，执着，坚强
然后把根扎得深一点再深一点
倒下。挺起。又站了起来。
……

十月，又一个季节来临
在一种声音里

相信阳光，雨滴
记住土地，花开，鸟鸣
在清爽的日子里
坚守，伸展，均匀地呼吸
把头抬高一点，就高一点
哦，你看见不远处的梦很美
一波一波地
在一片神奇的土地上升腾

被山歌淋湿的村庄

高一点
也许比村屯那一排瓦房高一点
比村头那一棵苦楝树高一点
低一点
比山脚那一片荷塘低一点
比村边那一口深井低一点
弯一点
比拐过村边的青石板路弯一点
比绕过田垌的小河弯一点
亮一点
如乡村上空的一朵朵白云
又如呢喃的壮话
在水稻蓬勃生长的地方
升腾。起伏。或绕来绕去。
让你兴奋
挥之不去

哦，又一年农历四月八
我久违的村庄
到处弥漫瓜果的气息

清泉的声音

米酒的味道

让我与村头的那棵龙眼树一样

被高高的，低低的

弯弯而明亮的山歌声

淋湿

中秋的味道

不是记忆中，一把脆脆的炒玉米
不是留恋里，一个刚煨过、香喷喷的红薯
被孩童很随意地捏在小手上
或揣在宽宽的裤袋里，奔跑，嬉闹

2017 的柔软或者坚硬
穿过电脑、荧屏
在 QQ、微信里，茁壮
一部分不停地在四个轮子里喧嚣
一部分或在广场、草坪
或爬上楼顶，或举头仰望
或低头静思
寻找对话的声音

兴武大道四周，胸怀坦荡
任秋风挥洒
却无法盛下
一个中秋节日的所有光鲜、华丽和抒情
如银的月光里
肯定还有人见到五岭路 49 号

一首诗歌，轻易地爬上了一棵树的枝杈上
朝着 80 里开外，东方三间瓦房炊烟的方向
摇曳

这个时候

这个时候

我不想一个人待在无人知晓的角落里

被旧岁残存的时光打发

该长出羽毛了

对着 2017 年的方向，练习

再一次学会鸣叫

与春天的气息一起

高一点在树丫上摇曳

低一点在水边伸展

哦，最好长出爪子

揭破 2016 年最后一层雾霾

让阳光很轻松地爬上我的眉梢

让春风穿越我多么讨厌的速生桉林

然后，点燃

我久违的诗情

这个时候，找到一个合理的姿势吧

认真听取雄鸡报晓的声音

迎着新鲜的阳光

或取诸怀抱，默默

生根。发芽。长叶。
或因寄所托，坚定
开花。结果。

墨　趣

明窗净几，不为外物移其所好
点画使转，挥洒性情
在白与黑之中，寻寻觅觅

一片喧嚣隐去了
没有抬头看天，看不见远处道路延伸
河流改道
听不见雾霾里，牢骚的声音

让形质成为形式
让空间成为时间
让身体进入另一个身体
然后，把一切轻轻地放下

我不想走了

漫步江滨公园
抵近河边
看见的河水有些浑浊
水面，不时还漂有塑料袋、饮料瓶
还有死鸡……
此时，感觉天空也有些浑浊

我知道这条河的源头
是从我老家的山流下来
我能肯定
源头的空气是香甜的
水是清澈的

走吧，这是正月初一
气温 5～6℃
风雨桥是冰冷的
石凳也是冰冷的
不远处舞狮的鼓声，也是有些浑浊
很多绿树我不认识

走吧，走吧
几块光溜溜大石头
躺在树下，似曾相识，很自在的样子
此时，天空突然发亮
几粒暖阳
很轻松地洒了下来
我说，我不想走了

气 息

不因在山上，岭上
上千年
无法锁住的气息
是可以触摸的

这是眼睛，这是眉毛
梦被一一打开

这是大明山的胸怀
可以接受风雨的洗礼
可以容纳一个民族梦幻，图腾
这是灵水纤纤的手
可以把时间拖住
把 2018 年 3 月的脚步拖住

哦，伊岭岩
一个古老、神奇、新鲜的气息
迷漫
我 21 世纪的眼睛太小

手中 Canon5D Ⅲ太小
我想回去，打造
另一些文字

高温的日子里

很多时候
他都凝望着窗外
想一朵花
开在不显眼的地方
想一条小河
一汪清泉
一条弯弯曲曲的小路

无雨的日子数到第九十九天了
他每天仍坐在高温里，反反复复地
想一棵树
想一朵花的自由开放
他知道
他将要在这个秋天
爱上这一棵树
爱上一棵树的每一片树叶

一天
手机气象短信提示
"未来 24 小时将有冷空气南下影响，多云转阵雨……"

此时
他的目光停留在手机屏幕上
久久
不肯离去

一匹马倒下的过程

——看 2010 年南非世界杯

2010 年 7 月 3 日。开普敦。

一匹阿根廷的马

在奔往"大力神杯"的路上

倒下了

仅仅 3 分钟

托马斯·穆勒意外的一枪

打在了马的前腿上

第 67 分钟

克洛泽迎面砍了致命的一刀

一匹阿根廷的马

就这样重重地倒下了

随后

弗里德里希和克洛泽

又先后在那匹马深深的伤口上

撒上了一把盐

……

没有抵抗

一匹马倒下了

不是倒在陷阱下

不是倒在什么黑手里

不是栽在麻黄碱粉末中

倒下了

没有上帝之手

倒下了

一匹拥有梅西大脑的马

没喊没叫

倒下了

带着特维斯、罗梅罗、布尔迪索、海因策的影子

倒下了

带着马拉多纳的泪水

倒下了

带着阿根廷人的无奈与困惑

倒下了

……

2010 年 7 月 3 日

一匹阿根廷的马

倒在章鱼"保罗"的预言里

彻彻底底

飞合屯

——记广西武鸣罗波镇飞合屯

不用眺望
高速路、二级路
就到村前

不要叹息，学习古塔的坚定
守着乡音，守着山的翠绿、水的清澈
守着，空气的香甜

轻一点，听香山河源头
汩汩流动的声音，在甜甜的梦里
听武鸣东部的山歌
在村头的龙眼树下
缭绕，一起一落

慢一点，听河边那些鹅卵石
说说四季，风雨，收成
读"飞鹅""飞合""真武地"的故事
走在纵横的田埂上
听水稻的拔节，玉米的茁壮

哦，这是初夏的一个傍晚
太阳卡在西边的山峰上
红彤彤，写下飞合
又一绚丽的诗篇

神奇的小牛

——观 2010/2011 年 NBA 季后赛湖人 VS 小牛

2011 年 5 月

最初的天空有些灰暗

灰暗里有眼睛把达拉斯小牛看小

严重看小

而小牛还是小牛

小牛平静，里克·卡莱尔平静

当一条教鞭高过那些灰暗之后

小牛认真了

5 月还是 5 月

一场战斗在灰暗里点燃

面对卫冕冠军，小牛左突右冲

每一蹄都沉稳，清脆

而湖人在小牛奋蹄下

突然麻木，昏乎，突然找不着方向

菲尔·杰克逊当家的"三塔"不见了

"三角进攻"的招牌不见了

弥漫的硝烟里

坚定的科比消失

不断突破杀伤内线的科比也消失

而小牛变得神勇。异常神勇。

只见诺维斯基、特里们

装了卫星导航似的

不断地重复一样的"三分动作"：

球传给队友，然后跑位，在空位接到球

跳起，出手，球进入篮筐。

······

此时，小飞侠销魂的跳投

不再是拯救湖人于水火的神器

"禅师"杰克逊，在加索尔胸前

那指点江山的手

也改变不了什么

0：1，科比不屑地说，这，只是一个开始

0：2，科比大声地表示：

小牛能在客场赢球为什么我们不能？

0：3，科比喃喃地说——

我想也许我疯了，但我仍然觉得我们能晋级

0：4，科比低着头走回了休息室

······

2011 年 5 月 9 日，达拉斯美航中心球馆
ESPN 那一溜专家的预言
被一头神奇的小牛，踢得晕晕乎乎

一个叫坛勒的地方

风从宾阳的思陇吹过来
穿过宾武"界牌"
在壮话叫"坛勒"的地方清爽

这是香山河的源头，一弯的河水从村前绕过
河的两岸，庄稼很自然地茁壮
西边田垌的中央，有一座古塔
在风中，站有一百二十多年了
炊烟铭记，雷电和台风一扫就扫过了
名甚了了
塔的四周，壮语呢喃，山歌不老

"顶沿山"，坚定地立在村后
茂林修竹。鸟鸣新鲜。
时候已是冬天了，还一个劲地绿

北面山脚下叫"绿社"
有一口清泉汩汩地流
担水的村姑起得早，挑着鸡鸣，晨露
甩一下辫子，天就亮了

"百拉"，就在村头
站着一棵百余年树龄的龙眼树
常有几位老人，拿着日月星辰
把树下几块硕大的青石板
磨得锃亮
吧哒的烟圈里，有一把一把乡野的故事
袅袅升起

村边有三个篮球场般大小的晒场
残留着当年生产队晒谷、开会的故事
白天有麻雀叽喳觅食
晚上有文艺宣传队排演歌唱

提起这里的天气
一位韦姓老人望了一下天空
然后，"雷公先唱歌，有雨也不多"
"天上鱼鳞斑，晒谷不用翻……"
从他那斑白的脑袋里抖出，清清亮亮
还说，村庄的云朵是有灵性的
夏日里东面"恩平山"有积雨云抬头

抽一支烟工夫，村里就下雨了

南面的河边，有一座"四清水电站"
如今已是断墙残壁，野草丛生
还有坍塌的窗口
河水依然哗啦
断墙上残留一些标语，斑驳
记下了一个时代的记忆

时在丁酉暮春之初，燕子姗姗来迟
崇烟山下的泉水，翻了几座山头之后
进到了各家各户，而村前机声隆隆
一条高速路，一条二级公路
相继要在这里通过

后　记

简单的自由与快乐

　　这是我个人的第四部诗集。

　　诗集分为"树叶和鸟鸣"、"问天"、"延伸的脚印"和"挥不去的情怀"四部分。诗集中抒写的那些树叶和鸟鸣、大自然的风情雨意、乡村情怀以及延伸的点点脚印，都是令我刻骨铭心的。其中，许多的感触与自己从事的职业敏感有关。

　　我在基层气象台站当过16年的气象观测员，寒来暑往，守着一方天空，观云测雨，除了对事业的执着与追求、忙碌和奉献之外，气象的天空，为我打开了一个广阔而独特的艺术世界，神奇的大自然，成为我可以赞叹、可以对话交流的一个朋友。一朵云，几滴雨，一道闪电，随时可以活跃我的思想；一棵树，几粒清亮鸟鸣，随时发芽，随时在自己的心底生长，茁壮。大地的平静与喧嚣，世态炎凉，人情世故给了我许多的思索和拷问。岁月里的风土人情，土歌草吟，一草一木，深浅的脚印，历历在目。于是就有我这些分行、起伏、跳跃的思绪，在时光里萌动，如大明山脚下我家乡的一股清泉，不时撩拨我的心弦，让我清澈、兴奋、激动。于是就有了这部诗集。

之所以写那么多的诗歌，主要是缘于热爱，觉得诗歌是我心灵和情感表达的最佳方式。可以简洁，纯净，可以在文字的背后舒展更多的空间，让人思索和回味。就如大地之上，一些简单的树叶和鸟鸣。树上，叶子可以是红的黄的青的绿的，色彩可以斑斓，不一定均匀对称，不一定茂盛葱茏，有时就如冬天的几枚黄叶，简单地挂在枝头上，或翻飞或摇曳，给我许多的感慨和提示。几声鸟鸣，不需要多么复杂的音符和旋律，只要可以穿越喧嚣或者宁静，入心入脑，让人铭记；可以如阳光一样，把每一扇窗户打开。所以这几年，我的诗歌创作，力求写出一些简单的树叶和鸟鸣的味道。轻一点，简单一点，如在山间，或湖边，或草地，或在一棵树上，与一场雨交流，与一地的阳光坦荡，同喜同乐。

　　从 2001 年出版诗集《壮乡情》开始，到《阳光真好》《在一棵树里》，再到现在的《一些简单的树叶和鸟鸣》，这是我文学创作跋涉成长的过程，也是我人生中理想、思想、心灵、情感，一点一滴，浓淡涸湿重要的一部分。

感谢生我养我的这一片厚重土地，山清水秀，浓浓的壮乡情里，阳光真好，静静地在一棵树里抒情，不需要多么的轰烈或伟大，能有一些简单的树叶和鸟鸣，能简单地生活，简单地自由与快乐足矣。

　　　　　　　　　　　　　　　　　韦武康

　　　　　　　　　　　　　2019 年 10 月于南宁武鸣